衛斯理系列 少年版 09

藍血人

作者：衛斯理
文字整理：耿啟文
繪畫：余遠鍠

衛斯理
親自演繹衛斯理

老少咸宜的新作

寫了幾十年的小說，從來沒想過讀者的年齡層，直到出版社提出可以有少年版，才猛然省起，讀者年齡不同，對文字的理解和接受能力，也有所不同，確然可以將少年作特定對象而寫作。然本人年邁力衰，且不是所長，就由出版社籌劃。經蘇惠良老總精心處理，少年版面世。讀畢，大是嘆服，豈止少年，直頭老少咸宜，舊文新生，妙不可言，樂為之序。

倪匡　2018.10.11　香港

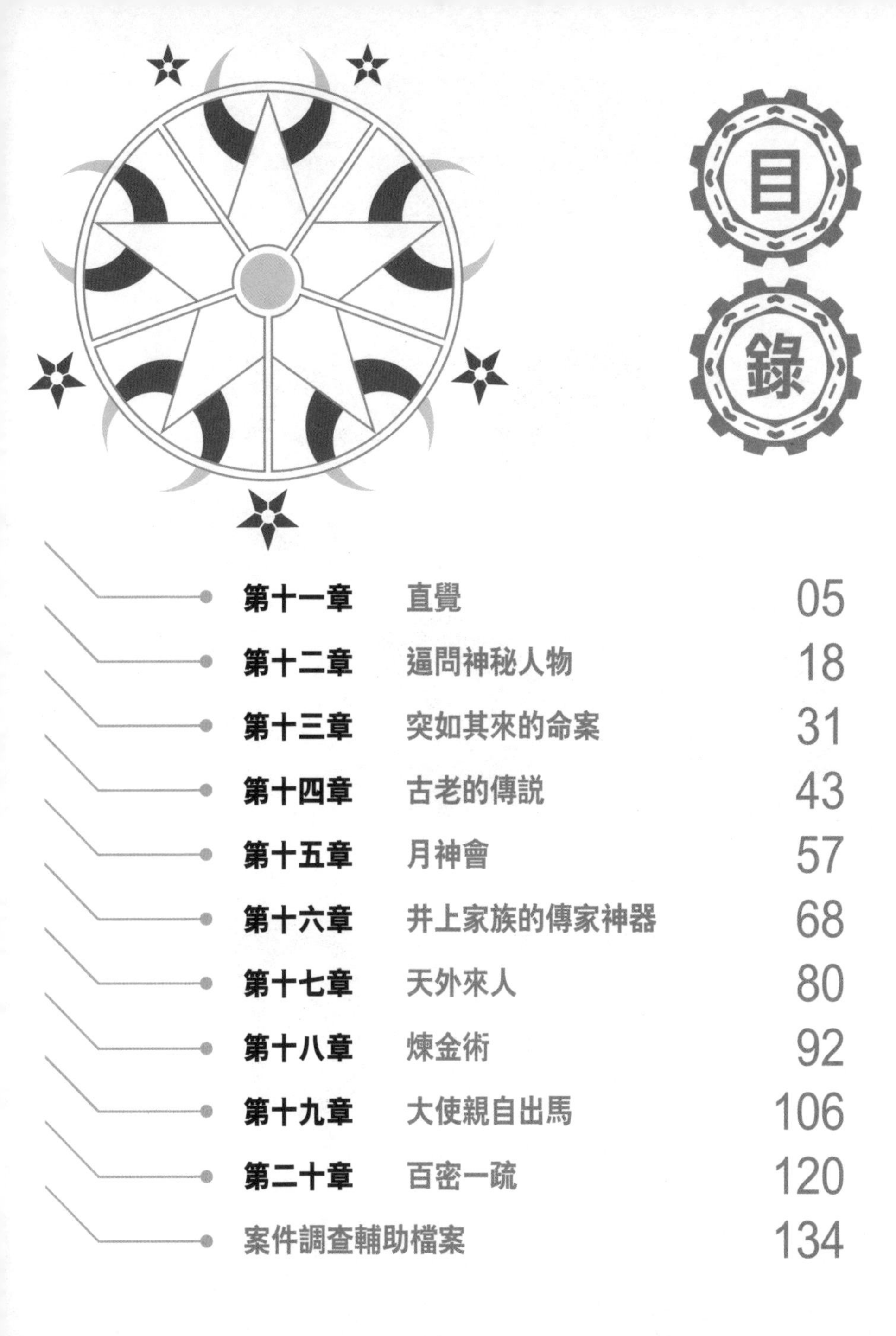

目錄

主要登場角色

方天

納爾遜

佐佐木博士

衛斯理

木村信

B 國大使

井上次雄

第十一章

我到達了佐佐木博士的住所，那是一所十分精緻的房子，花園中有一大半是綠茵的草地，修飾得十分整潔，而且花園上還有一個小石屋，相信是放置工具及園丁休息的地方。

我來到大門，按了一下門鈴。沒多久，一名園丁來開門，我道明身分，他便帶我去見他主人。佐佐木博士一見到我，登時愕然得**目瞪口呆**。

「**驚喜吧？**」我笑說。

他高興地和我握了一下手，然後**急不及待**帶我到他的書房去。

我們坐下來後，我便直接問：「博士，你女兒發生了什麼事，令你這樣煩惱？」

博士抬起頭來，激動地說：「我不能讓季子和那人結婚！」

季子自然就是他的女兒了，我用疑問的眼神望着博士，他便嘆了一口氣，解釋道：「季子從小就約定許配給井上家族的人，她和未婚夫的感情，也一直很好。直到一個**魔鬼**出現，季子整個人都變了！」

「是第三者嗎？他是什麼人？」我問，雖然我已經猜到了大半。

「他是季子在A國**太空總署**的同事，職位比季子高，對不起，是貴國人，叫方天。」

我在社交網站看過季子與方天的合照，果然不出我所料，兩人是情侶關係，只是沒想到季子原本已有傳統的

，事情比想像中複雜。

「博士，你見過方天嗎？」我問。

「見過。我發覺季子和他在一起時，**就像着了迷一樣**。唉！」

我安慰道：「或者季子只是欣賞對方的才華，是一種對上級的崇拜而已。」

博士**斬釘截鐵**地說：「不是的！我也說不出那種狀況，如果你和他們在一起，你就能感覺得到。他是魔鬼，**他將使我永遠見不到女兒！**」

我怔了一怔，「為什麼這樣說？」

博士搖了搖頭：「我也說不出那是為什麼，只是有那種……*直覺*。」

我呆了一呆，直覺！又是直覺！

納爾遜直覺認為許多事情與方天有關。而佐佐木博士也直覺感到方天會使他永遠見不到女兒。這不禁令我腦中閃過一個奇異的念頭，他們兩人所直覺到的事，都和方天有關，而方天似乎具有超強的**催眠力量**，難道就是因為方天的腦電波非常強烈，所以令人感覺到他的某些想法？

例如方天在想念着那個箱子，所以使納爾遜感到兩件事之間有**聯繫**。而方天也在想着要**誘拐**季子，所以佐佐木博士才會有這直覺。換言之，這些直覺並非毫無根據的，而且很可能是事實。

「我有機會見到方天嗎？」我連忙問。

「有！」博士的回答很迅速，「這正是我邀你來的原因，季子今天晚上要帶那魔鬼回來吃飯，而你和那人有着共同語言和**種族**背景，一定比我更容易看穿他的**真面目**，對不對？」

我充滿自信地說：「對！我不是**自誇**，但這件事你實在找對人了，我會全力幫助你的，請你立刻帶我去飯廳作部署。」

博士呆了一呆，帶我到飯廳去。我匆匆拿出從小田原那裏借來的偷聽器，安裝在餐桌底下，然後又將一個隱藏式耳機塞進博士其中一邊的耳朵裏，他一臉惘然。

我向他講解：「我在餐桌底下安裝了一個偷聽器，你

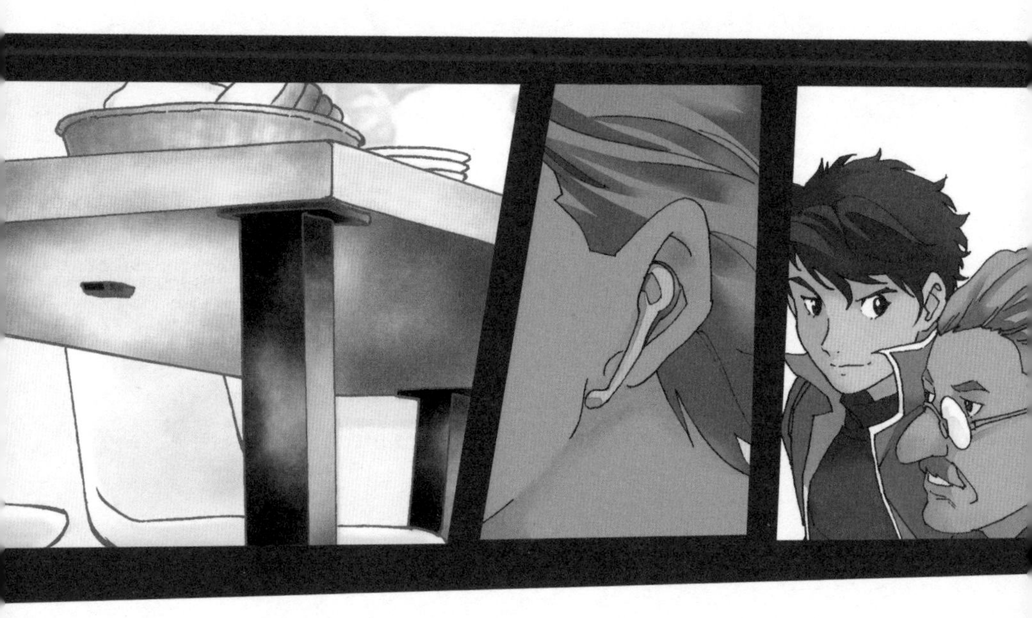

們晚飯的時候，我會假扮成園丁，躲在花園裏監聽着你們的對話。到時我會一邊監聽，一邊用無線電傳話到你耳朵裏的耳機，指導你如何應對和質問方天，使他原形畢露！」

博士呆若木雞地看着我，驚訝於我竟如此積極和準備充足。

我尷尬地笑了笑：「我説得對吧？你沒有找錯人。」

「那……我還有什麼需要做的？」博士已完全聽我指揮。

我便説：「你先讓園丁離開，放假休息。接着我便會易容化裝，當你女兒晚上帶方天回來時，你便向他們介紹我是新來的園丁。而晚飯的時候，我會在園丁休息室裏監聽着你們的對話，並用無線電裝置向你的耳機傳達指示，到時你按我的指示做就行了！」

博士又瞠目結舌了一會，才懂得回應：「好的！我馬上去辦！」

過程十分順利，園丁離開後，我馬上在園丁休息室裏安裝接收器作監聽之用，並立刻把自己易容裝扮成園丁的模樣。

黃昏時分，我在花園做起園丁的工作，等待着季子和方天的來臨。

沒多久，我聽到門外有一對男女的嬉笑聲，連忙去開門看看，果然是季子帶着方天來到了。

門一打開，季子便以疑惑的目光看着我，我連忙解釋：「小姐你好，我是新來的園丁，博士已經吩咐過了，他正在書房裏看書。」

「好的，我們去書房找他。」季子挽着方天的手臂進屋。

我側身讓開，看到方天的面色依舊那樣蒼白，他幾乎沒有望我一眼，顯然以為我只不過是一個園丁而已。

季子望着方天時那種癡迷的眼神，使我理解到博士為什麼會覺得自己女兒被魔鬼迷住。

而就在方天和我擦身而過之際，我已施展我的空空妙手本領，將他褲袋裏和短大衣口袋中的一些東西「收歸己有」，因為我希望從他身上的物品裏找出更多關於他的秘密。

他們走向屋子的時候，我也悄悄退開，回到園丁休息室裏，拉上了窗簾，將我的收穫全放到桌上。

我戴上了耳機，一邊監聽着屋內飯廳的情況，一邊檢視着我的「戰利品」，它們包括：一個皮革錢包、一個扣着五把鎖匙的鎖匙圈、一條手帕、一本手掌大小的記事本。

至於方天在北海道時，用來傷我的那個小盒子，我卻沒有得到。不過，我拿到了另一樣奇怪的東西，看上去有點像刷油漆用的排筆，由七根手指般的鋼管排列在一起而成。

我開始逐一研究這些物品。手帕沒有可疑。錢包一打開，裏面只有鈔票，連證件也沒有。至於那五把鎖匙，我用泥膠倒模，以備將來有用。

接下來就是那記事本了，我一連翻了幾頁，不禁呆住。紙上密密麻麻地寫滿了字，然而，我卻什麼也得不到，因為那些文字是我從來也未曾看到過的。

我甚至不能稱之為「文字」，因為對我來說，那只是一堆奇形怪狀的符號。

我將整本簿翻完，裏面竟然沒有一個字是我所認識的。

我嘆了一口氣，心想這記事本和那排筆似的東西，只

好交給納爾遜，由他送交A國的保安人員去作詳細檢查了。

我將那兩樣東西放入衣袋中，站了起來，正想從窗簾縫中偷望大屋情況之際，我突然聽到了聲音。但那聲音並非從耳機發出，而是來自我的懷中！

為什麼我的身體會莫名其妙地發出奇怪的聲音？我不禁當場嚇了一跳！

第十二章

逼問神秘人物

我將上衣脫了下來，發現聲音來自一個衣袋之中，我伸手進去，拿出袋裏的東西，原來是那「排筆」似的東西，在發出如同**耳語**的聲音。

我將它放在桌子上，**注視**着它。約莫過了三四分鐘，那聲音停止了。

我伸手碰了碰它，確認沒有聲音發出來，便再度把它放入衣袋中，怎料它又發出了「叮」的一聲，接着是一連串叮叮噹噹的聲音，像一個音樂盒在奏樂一樣。

而且，我立即聽出，那首樂曲似曾相識，在我這一生中，只聽過方天一個人，哼着這樣的小調。

在那首小調完了之後，那東西便靜了下來，不再發出聲音了。

我小心地將它包了起來，又放入了衣袋中。

我的耳機直到這時候才響起聲音，方天似乎在飯廳附近**着急**地叫着：「**找到嗎？快幫我找找！**」

接着我又聽到季子的回應：「很重要的嗎？要是找不到會怎樣？」

方天**緊張**地說：「當然重要！」

季子立即又說：「要不要請**警方**協助？」

「不要！」方天語氣很堅決，「季子，你明天幫我在各種媒體渠道登廣告，不論是竊去的，還是拾到的，只要找得回來，就有**$重賞$**。」

「你究竟失去了什麼啊？」季子疑惑地問。

「其他都不要緊，最不可失的，是一本**日記簿**，很小的那種，和一個錄有我**家鄉**聲音的錄音機——」

方天頓了一頓，連忙改口說：「你刊登廣告時，就說是一排細小的金屬管子好了！」

這時，我心中吃了一驚，那「排筆」似的東西，原來是一部**錄音機**？

季子忽然緊張地問：「你要去哪裏？」

方天説：「我沿着來路去看看，或許能找到丟失的東西。」

季子嘆了一口氣：「你還未和我父親談及我們的事呢，他就在書房裏。」

「等我找回東西再説吧。」

「可是，我的**未婚夫**他……」

方天語氣有點激動，「你還叫他未婚夫？」

季子苦笑道：「方，你不知道，按我們的傳統，如果他不肯和我解除婚約——」

方天立即反問：「**那你難道非嫁他不可了？**」

季子有點為難的語氣：「當然，我可以不顧一切，但這要令我的父親為難了。」

方天**沉默**了片刻，然後説：「我們再慢慢討論吧，現在我心中亂得很，明天再來看你。」

我隨即聽到開門的聲音，從窗簾縫看出去，見到方天從大屋走出來，吻了一下季子的額頭，便匆匆經過花園，跑往大門離開。

我連忙換了一套裝束，戴上一個蒼老的人皮面具，走出休息室，翻過了圍牆，沿着門前的道路，向前快步地追去。只見方天正低着頭，一面向前走，一面正在尋找着失物。

我放慢腳步，遠遠地跟蹤着他。

他在一個**公共汽車站**前，徘徊了好久。

我彎着身子，假裝成一個早衰駝背的勞苦**中年人**，上前問道：「先生，你可是丟失了東西？」

方天一個轉身，十分緊張：「**是！是！你拾到了嗎？快給我！**」

我壓着聲線說：「是我主人拾到了一些東西，吩咐我在這裏等候**失主**，請你跟我來吧。」

方天雖然有**疑心**，但那些失物似乎對他太重要了，他不能錯過任何失而復得的機會，馬上就說：「那我們走吧！」

我轉過身，向前走去，方天跟在我的後面。我將他帶到了一條又黑又靜的小巷中，然後放慢了腳步。

我並不轉過身來，只是從腳步聲聽出方天已來到了我的身後，他問：「你怎麼不——」

我不等他講完，立即後退一步，右肘猛地向後撞過去，正撞在他的肚子上。他悶哼一聲，彎下腰來。

然後我疾轉過身來，在他的後腦上，重重地敲擊了一下，方天雙眼向上一翻，身子發軟，倒在地上。

我解下了他的皮帶和領帶，將他的手足，緊緊地綁住，把他抬到小巷的盡頭去。

那是一個死巷子，深夜不會有人走進來的，我故意重重地將他摔下，聽到他發出了一下微弱的呻吟聲。

我知道他醒過來了，我將身子一閃，閃到他看不見我的陰暗角落裏，先看看他的反應。

只見他慢慢地睜開眼來，面上一片**茫然**的神色，接着搖了搖頭，想把自己弄清醒一些。他發現自己被人綁住了手腳，開始用力地掙扎起來，可是無法掙脱。

他滾向牆邊，借力站直了身子，正想**跳躍**着逃出巷子之際，我連忙上前一伸手，按住了他的肩頭説：「朋友，別想逃，我已經知道了你的秘密**！**」

方天的身子在發抖，聲音也在發顫：「**你……你是誰？你……你在説什麼？**」

「**你又是誰？**」我放粗喉嚨反問。

我站在方天的後面，他看不見我，我也看不到他的臉，只聽到他説：「我是人，是和你們一樣的人，你快放開我吧！」

我大感奇怪，他竭力地強調自己是一個人，這是什麼意思呢？難道他竟不是人？這簡直**荒誕至極**，他不是人是什麼？然而，他又為什麼要這樣説呢？

我一點頭緒也沒有，卻假裝**胸有成竹**地說：「不，你不是人，你和我們不一樣！」

此話一出，方天**不由自主**地發出了一聲呻吟，連身子也軟了下來，在牆上靠了一靠，終於站不穩，坐倒在地。

這時候，我也呆了，沒想到我的話竟會引起方天那樣的震動。

唯一的解釋是，方天真的不是人，否則他不會有如此大的反應。

然而，這又實在太荒誕無稽了！方天不是人的話，那是什麼？是妖精？是狼人？我向前跨了一步，看得很清楚，方天並沒有露出「原形」來，他依然是我所認識的方天，從在學校裏第一次見到他，直到現在，也是同一個模樣。

我看見他緊緊地閉着眼睛，便問：「你怎麼了？」

方天喘着氣，並不睜開眼睛，看神情似是感到了絕望，就像一個已到了刑場上的死囚一樣，他只問了一句：「我的一切，你已經知道了嗎？」

我又假裝道：「自然知道了！」

方天**急促**地呼着氣說：「放開我，求你放開我！我可以向你說幾個公式，你會一生受用不盡的，請你放了我……」

我愈聽愈**糊塗**了，甚至差點發笑起來，因為我從未聽聞過，有人會用公式來當贖金的。

我冷冷地說：「我放了你的話，只怕回到家中，第二天就被人發現我自殺死了。」

方天的身子又抖了一下，「**你……你到底是誰啊？**」

我也不想再跟他玩猜謎了，於是除下了戴在面上的**人皮面具**說：「你睜開眼睛便知道。」

方天抬起頭，睜開眼來，立即失聲叫道：「衛斯理！」

　　我笑了一下說：「還好，你總算認得老同學。」

　　方天面上的每一條肌肉都在跳動着，駭然地吐出了四個字來：「**你……沒……有……死？**」

第十三章

突如其來的命案

我冷冷地說：「雖然你想害我幾次，但是我都死裏逃生了。」

方天哭着說：「相信我，我是迫不得已的，我是被你逼出來的……我完了，我將永遠留在這裏，我完了……」

他又講起莫名其妙的話來，我拍了拍他的肩頭說：「老友，你別哭。只要你肯解答我心中的疑問，之前的事我就**既往不咎**。」

方天瞪了瞪眼，「你心中的疑問？那麼你……並不知道我的一切？」

我自知露出馬腳了，一時語塞。

方天立刻掙扎道：

「快放開我！快放開我！」

我搖頭拒絕：「不行，如果你再用那東西來傷我，這裏沒有積雪，我還活得了麼？」

方天連忙說：「沒有了，那東西只能用一次，已經被我拋掉了。」

「那是什麼東西？」我問。

方天答道：「只不過是一種小玩意，那小盒子裏，有一種放射性極強的**金屬**，而盒子又是另一種可以**隔絕**那種放射光的金屬所製成，只要一按下按鈕，盒子上就如同相機的快門一樣，十分之一秒的一開一合間，盒中金屬的**放射線**，便足以將人**灼傷**了。」

「是灼死！」我帶着**怒意**地更正他。

方天**尷尬**地繼續説：「但只能用一次，放射性便會消失，金屬的原子排列起了變化，轉化成另一種金屬了。」

我疑惑地問：「那種**金屬**叫什麼名字？」

「它叫『西奧勒克』。」

我怔了一怔，「什麼？」

「『西奧勒克』是十分普通的金屬，在我們那裏——」方天講到這裏，突然住了口。

我從來未聽到過有一種金屬，有那麼強烈的**放射線**，而又名為「西奧勒克」的。

我正在**沉思**之際，沒想到方天已經悄悄地掙脱了綑綁，突然站起來想逃走。

我一手抓住了他的手臂，可是他另一隻手卻插進褲袋，**威脅**道：「衛斯理，不要逼我用這武器傷害你！**快放開我！**」

或許他只是虛言恫嚇，我望向他的褲袋，沒有異常隆起，僅僅只有他插進去那隻手的大小，不似能藏着什麼可以嚴重傷害到我的武器。可是，方天並不是一個普通人，在他身上發生的事都太奇異了，他真有可能擁有令人**意想不到**的武器！

我不敢冒這個**風險**，於是鬆開手説：「好，我放開你，但你要回答我——」

方天立刻嚎叫：「**你別管我！**你別管我好不好？你為什麼僅僅為了你的好奇心，而要來管我，使我不得安寧，使我……」

他講到這裏，突然猛咳起來。

我**義正詞嚴**地説：「方天，你將事情説得太簡單了。你還記得我們的同學嗎？那個滑雪女選手呢？還有我自己，我們都幾乎因為你**喪生**！而我如今更受了一位傷心的父親的委託，你説我僅是為了好奇心？」

方天向後退出了一步：「**我是迫不得已的，我是迫不得已的。**」

「好，我相信你是迫不得已的，但是我要知道為什麼？而且我很樂意幫助你！」

「我不能告訴你，將來你自會明白。你唯一能幫我的，就是別再管我，不要追上來！」方天**急促**地向巷子口奔了出去。

我沒有追，只在他背後揚聲喊叫：「**別忘了，你丟失的東西，都在我這裏！**」

方天頓了一頓，但立即又向前奔去，終於逃得**無影無蹤**了！

我相信方天總有一天會主動回來找我，取回他那些「失物」的，所以我也不急於去追蹤他。

離開佐佐木大宅那麼久，我覺得有必要回去向佐佐木博士交代一下，於是便步行回去。

深夜，路上極其寂靜，我急步地走着，走了好一會，才回到佐佐木博士家的圍牆外。我奮力一跳，雙手一伸，攀住了牆頭。

而就在這個時候，我看到了圍牆內的情形，只見那個打理得十分整潔的花園，竟變得滿目瘡痍！

草地被賤踏得不成樣子，走道兩旁的盆花，幾乎全被打翻！我呆了一呆，雙手用勁翻過圍牆，落在園中，並立即向屋子奔去。

我首先看到鑲在正門上的一塊大玻璃已經碎裂了，推

開門來，只見一個人伏倒在地上，正是佐佐木博士！

我連忙俯下身來，看到他的面色，再去探他的鼻息和脈搏，眼眶不禁溢出淚水，因為我知道佐佐木博士已經死去了。

佐佐木博士曾經救過我的性命，曾經挽救過無數人的性命，但是這時他卻死了，而且顯然是被人殺死的！

這時候，我猛地想起了季子！

博士已經死了，那麼他的女兒也遇害了嗎？我立即大聲叫道：「季子！季子！」

我開始在屋子裏搜索，卻沒找到季子的蹤影，只在博士的書房看到了血迹，一直伸延至博士伏屍的位置，這說明書房是博士最先受到襲擊的地方。

書房裏也是一片凌亂，我忽然看到書桌面的玻璃上，有已經成了褐色、以血塗成的幾個日本字。

我開了檯燈一看，那幾個字的意思是「他帶走了她」。

那個「她」，相信就是季子了。然而，將「她」帶走的那個「他」又是誰呢？難道是方天？

方天比我早離去，而我是步行回來的，雖然我步速不慢，但方天如果是坐車或騎車的話，比我早到十多分鐘是有可能的，除了他，我也想不到更大的嫌疑者了。

我深深地吸了一口氣，跑出大門口，不浪費任何一秒鐘的時間，竭力要追上兇徒！

我留意到大門口有車輪的痕迹，似是剛留下不久的，我循着輪迹走。走出了二十來步的時候，我猛地看到，街燈將我的影子，投射在地上，而在我的影子旁邊，另有一些人影在晃動！

我立即轉過身來，眼前有兩個人正想**偷襲**我，我先發制人，連環將他們摔向**電燈柱**去。

但這時候，我的背部又被另一人偷襲，不知道什麼武器刺進了我的身體，使我向前仆倒。但我同時伸足向後一勾，把那個在背後偷襲我的人，也勾跌在地上。

我才一轉身，一根**粗木棍**又已經向我揮來，我及時閃開，伸手一撈，將那根木棍搶到手中，順勢一揮，又擊倒了兩個人！

這時我才發現，伏擊我的人之多，遠遠出乎我意料之外。

有人沉聲叫道：「不能讓他走！」

我握着木棍準備迎戰，可是突然感到天旋地轉起來。我心中**恍然大悟**，剛才從後偷襲，刺進我身體的，是**麻醉藥劑**！

我的身體漸漸不聽我使喚，腦袋愈來愈沉重，四肢麻木，眼前**人影幢幢**，沒多久，我便倒下去了！

第十四章

古老的傳說

我回復知覺的時候，勉強地坐了起來，睜開眼睛，眼前一片漆黑。我伸了伸手，舒了舒腿，走動了幾步，一股潮霉的氣味告訴我這裏是一個地窖。

我知道自己成了俘虜，但可悲的是，我竟不知自己成了什麼人的俘虜！

這時候，我聽到上方有人説：「他已經醒過來了嗎？」

有人回答道：「應該醒了，不然，用強光一照，他也會立即醒過來的！」

話音剛落，一道強光**射了下來**，我連忙伸手遮住了眼睛，只聽到有人興奮地叫道：「哈哈，他醒了。」

我感到極其**憤怒**，連忙向後退出幾步，背靠着牆，再睜開眼來，發現自己身處一間牆壁高達十米的房子裏，在房子的頂部有一圈圍着**欄杆**像戲院樓座的地方，可**俯視**下來，將我看得清清楚楚。

我向上層**大聲喝問**：「你們是什麼人？」

上面隱隱有講話聲傳了下來，但我聽不清他們在講些什麼，只聽出好像有兩個人正在爭論着。

他們所在之處雖然有點高，但我有信心可以衝上去。於是我猛吸一口氣，向前直奔，到了對面的牆壁前，我用力一躍，**雙手雙足**同時抵在牆壁上，使出**壁虎功**，快速向上疾爬！

我一口氣爬升了四米，聽到上面那些人發出了幾下**驚呼聲**。

我抬頭看去，雖然看不清他們的臉，但我隱約看到他們所穿的服裝，非常古怪。

我一聲大叫，雙足用力一蹬，向上撲去，伸手幾乎成功抓住欄杆之際，我聽到一把**蒼老**的聲音，以日語叫道：

「我的天，他果然是那個人！」

與此同時，一件重物已向我的頭上擊打下來。

剎那間，我眼前又是一片漆黑，我感覺自己要**昏過**

去了，唯一能做的，就是盡力放鬆肌肉，減輕跌下去所受的傷。

至於我跌下去時的情形如何，我卻不知道了，因為我在倒地前的一刻已**昏了過去**。

這是我日本此行第三次昏迷了，我感到十分丟臉。

當我再度有感覺時，只感到**腦袋**好像在不斷膨脹，猶如一顆立即要爆炸的**炸彈**一樣。

我忽然聽到身邊有幾個人在哼着旋律古老的歌，還有似乎在跳舞的腳步聲。

我好不容易睜開眼來，被眼前所見嚇了一跳，三個少女穿着**奇裝異服**，正圍着我跳舞。

她們的**舞步**令我想起一些邪教的**祭祀儀式**，而從她們的神情看來，她們似乎是被迫的，表情和動作都如殭屍一般，我還隱隱感覺到她們內心的恐懼。

我看到房間裏有一扇門，於是站起來，在那三個少女之間穿過，直奔過去，正想把門拉開之際，那扇門卻自行打開了，一個**肥壯**的中年男人走了進來，興奮地說：「你醒了？」

我立即問：「你們是什麼人，這裏是什麼地方**？**」

那胖子身穿一件**周白緞子**的**和服**，打扮得也是十分古怪，他向那三個少女一揮手，她們便連忙奪門而走了。

他又將門關上，笑道：「剛才三人的舞蹈如何？她們都是我們特意為即將舉行的盛典所挑選的**聖女**。」

「什麼**盛典**？你要把她們拿來祭祀嗎？還是要把我也當成**祭品？**」我嚴詞質問。

那人的身體微微一側，一看便知那是**柔道高手**的姿勢，他禮貌地說：「我們坐下來慢慢談吧，方先生。」

我聽到他叫我「方先生」，不禁呆住。

我想告訴他，他弄錯了，我並不是方先生。但是，如果我這樣說的話，他會有什麼反應？他可能會放了我，也可能會殺我滅口，都對我了解整件怪事沒有幫助。

所以我決定**將錯就錯**，冒充「方先生」和這人胡混下去，希望獲得更多的線索。

而且，當他一說出「方先生」，我不能不立即想到方天，這事情可能與方天也有關係。

我冷靜地坐下來，開口道：「**我可以先問一句話嗎？**」

那人說：「當然可以。」

「我接連昏倒了兩次，在我第一次昏迷醒過來的時候，我身處一個十分古怪的地方，被強光照射着，有幾個人居高臨下地看着我，那裏也是你們的地方嗎？」

胖子回答道：「是的，因為我們三位長老想證明古老的傳說是不是真的。」

當他提到「長老」、「古老的傳說」這些字眼，我便對他們的身分開始有了點線索。

那人以十分熱切的眼光望着我，我追問道：「你們想要什麼？」

那人湊過來，在我耳邊以極其詭秘的語氣說：「你只要為我們表演一次飛行，以證明我們三大長老的神通。」

「表演一次飛行」是什麼意思？他這句莫名其妙的話，又把我弄糊塗了！

我嘗試合理地去理解他的話，問道：「你們要我開飛機？」

沒想到他登時**大笑起來**，好像我在和他講笑話一樣。他笑了很久才勉強止住了笑，認真地說：「本月的**月圓之夜**，於下關以北的海濱上，我們有一個盛大的集會，到時你為我們表演。」

我再問一遍：「表演**開飛機？**」

那人聽了，又**狂笑**了好一會，「哈哈……方先生，你別再逗我笑了。你飛行還需要借助飛機嗎？我們想看你數百年來的本領，飛向圓月，飛到**虛無飄渺**的空間！」

我心中不禁大叫：「這是一所**瘋人院**嗎？」

那人卻愈說愈興奮：「你表演完畢之後，就成為我們的偶像了，無論你要什麼，都可以得到！」

「什麼都可以？」我問。

「當然！」他回答得十分**堅定**，「只要你開口，我們都可以給你！」

我質疑道：「你們是什麼人，有那麼大的勢力，真的什麼都能滿足我？」

那人又向我湊近，眼中閃耀着異樣的光彩，自信地微笑道：「**月神會**！」

月神會！原來我是落在月神會的手中！

我極力保持鎮定，深吸一口氣說：「**原來對我下毒手的是你們！**」

我這句話本來沒有特殊意思的，可是那胖子一聽，卻立即現出**惶恐**的神色，向後退出了一步，幾乎要跪下去說：「別……別誤會，我們之前做的……只是想證明你是不是那人而已。我們怎會對你**下毒手**？說起來……沒有你，就不會有月神會！」

這時候，我真懷疑這個人是否**精神失常**，「你說什麼鬼話？」

那胖子站起來，像朗誦♪詩歌般說：「我們的**祖先**說，創立月神會，是因為看到有人從月亮飛下來。他相信人能上月亮，而在月亮上生存，比在地球上更**美滿**，這就是月神會的宗旨。」

我相信**月神會**創立之際，可能真有這樣的宗旨，但現在，月神會卻變成一個邪教，和原來的宗旨相比已完全變質了。

「你說了這一大堆，和我又有什麼關係呢？」我禁不住問。

沒想到那胖子說：「方先生，**那個從月亮降臨下來的人，就是你啊！**」

第十五章

那胖子把我當成「方先生」，説我是從月亮而來，還聲稱：「是你親口對我們的祖先説的，你還在他的面前，表演了飛天的技能，月神會最初的十個信徒，就是因此而來的，我們會中的經典中，有着詳細的記載！」

我聽他講完那麼荒謬的話，實在無法假裝下去了，忍不住説：「你聽着！第一，我根本不是什麼方先生。第二，就算是方先生，也不會飛，他不是妖怪！」

他一瞬間完全呆住了，我立刻出其不備把他劈暈，然後走到房門邊，探頭向外看，發現門外是一條極長的走廊，走廊兩旁全是房間，所有房門都是關着的，而走廊上居然沒有電燈，而是靠牆壁上點着一盞盞油燈來照明，氣氛非常詭異。

這時候，我看見不遠處有一扇門打開，一個穿和服的男子匆匆走出，走到走廊的盡頭，推開那裏的門，門後是一條樓梯。我等那人下了樓梯，便打開房門，輕柔而迅速地奔去走廊的盡頭，推開那道門，順着那盤旋的樓梯向下走。這樓梯十分寂靜，只有一盞盞油燈在閃耀着昏黃的光。我粗略地打量了一下，這裏看來是一座古堡式的建築。

差不多到達樓梯的盡頭處時，我立即停下來，沒有再走下去，盡量將自己的身子隱藏在**暗角處**。

我看到下面是一個很大的大廳，燃着三個**火把**，火把旁各有一張椅子，椅背十分高，比坐着的人高出一大截來，而高出來的位置，鑲嵌了閃耀着**月白光輝**的**貝殼**所砌成的一個**圓月**。

坐在椅上的**三個人**，全是五六十歲上下，身上衣服也是月白色的，但由於距離太遠，我看不清他們的容貌。

三個人坐着，一動也不動，另外還有七八個人在一旁站着，也是一動不動，沒有人說話，像是正在等待着什麼似的。

大廳中不但燃着**火把**，而且還燃着一種氣味**異特**的香，使氣氛有一股說不出的詭異。

我打量了片刻，深知自己絕無可能通過這大廳逃出去，於是又輕輕地回到了樓上。剛才我記得自己一共下了**六層樓梯**，而這時候我只是回到上一層去。

我到了二樓，推開走廊的門，眼前也是一條長走廊，兩旁全是房門。我在最近的一個房門上敲了兩下，沒有人回應，於是我以純熟的開鎖技術把**門開了**，迅速鑽進房裏去。

房間裏的**陳設**十分簡單，像是一間單人宿舍。我走到窗前，推開窗子，向外一看，不禁呆住。我看到了海濤、岩石，和生長在岩石中的松樹，這裏絕不是東京。

我探頭出去，可以看到建築物的一部分，果然是一幢**古堡式建築**。

本來我是準備從窗口游繩下去逃走的，但如今看來，困難比我想像中大得多，因為那古堡是建築在***懸崖***上的，懸崖極高，下面便是波濤洶湧的**大海**。

可是，我已沒有考慮的餘地，那個被我擊暈的胖子，隨時也會醒過來或被其他人發現，然後動員所有人去抓捕我。所以我必須盡快逃離這個地方！

我撕破了一張牀單，結了起來，掛在窗子上，準備游繩下去，跳海逃走。當我跨出窗口的時候，目光恰巧掃到牀邊的几子上，看到那裏放着一套月神會的制服，我忽然靈機一動，跳回房間裏去。

我立即把那套制服換到自己身上，然後將我原本穿着的外套，故意掉到海上。當月神會的人看到從窗子垂下來的牀單，還有海面上那外套的時候，必定以為我是從窗口游繩爬下去，脱掉外套游泳逃走的。而換上了制服的我，便可以混入他們當中，伺機逃走。

我不敢怠慢，馬上走出房間，氣急敗壞地去拍打其他房門，若干房間有人走出來，緊張地問：「發生什麼事？」

我盡量不面向他們，不讓他們看清我的臉，只是拚命指向我剛才走出來的房間叫道：

「***逃走了！在裏面逃走了！***」

他們紛紛跑進那個房間去了解，而我再度走上那樓梯，打算去其他樓層散播消息，製造

。

沒想到我一走出梯間，就聽到樓下傳來責罵聲。我禁不住好奇，又走到樓下，偷看那大廳裏的情況，只見被我打暈的那個胖子，原來已經蘇醒了，似乎在向大廳那三個老者報告，其中一個老人十分兇惡，正在一下又一下地掌摑着那胖子。

那胖子一點也不敢還手，只是哀求道：「二長老，不關我的事，他……他埋怨我們不該將他放在室底，用強光照射他。」

那老者原來是月神會的「二長老」，難怪如此威風。

那老者「哼」的一聲，不再動手打那胖子，只喝道：「趕快盡一切方法將他找到，我們時間不多了！」

那胖子為難地說：「怎麼找啊？他可能已經飛走了！」

那老者又是一巴掌打下去，罵道：「**蠢材！**你相信他真是已活了幾百年、從月亮上下來的那個人嗎？只是他身手非常好，很適合為我們表演『**空中飛人**』，以鞏固信徒對我們的信念，明白了麼？」

胖子連連點頭：「明白了。」

看來我的「**壁虎功**」使他們**刮目相看**，認為我可以為他們表演一場「飛行」的假戲來迷惑信眾。

這時候，我聽到一陣**急速**的腳步聲從上層傳來，我連忙閃躲到一旁，只見一群月神會的嘍囉奔下來，走進大廳去報告：「報告長老，**月神**往海裏逃走了！」

「什麼？」那二長老緊張地說：「月神在考驗我們！快動員所有人把他追回來！」

「知道！」眾人應聲道。

趁着他們所有人都趕去古堡後方的懸崖峭壁和海上搜索，我卻大搖大擺、光明正大地從大門走出去，還開動了他們其中一輛車子，悄悄地駛離古堡。

接通古堡的只有一條非常狹窄的車路，我打開手機的地圖定位，才知道自己身在東京以東兩百公里處的海邊。

這裏離市區非常遠，我一直保持高速行駛，沿途依然是一條極狹窄的**車路**，直至我開了超過一小時的車，才看到一個**分岔口**。從地圖指示看，我應該走左邊的路回市區。可是這時候，我卻忽然看到右邊遠處的一個山頭上，矗立着一幢宏偉奢華的大宅。

由於這座豪華大宅曾被傳媒廣泛報道過，所以我馬上就認出，它是日本超級富豪井上次雄的巨宅。

那個被搶走的**神秘金屬箱子**，正是井上次雄委託那家**精密儀器製造廠**所製成的，箱子中是什麼東西，井上次雄自然應該知道。

那麼，我何不就此機會，去拜訪一下井上次雄，查探有關那個金屬箱子的**秘密？**

於是，我沒有走左邊的路，而是拐彎往右，朝着井上次雄大宅的方向駛去。

第十六章

井上家族的傳家神器

通往井上次雄大宅的車路寬闊多了，車子走了不到十分鐘，我便追上了一輛非常名貴的豪華房車，我立刻用只餘下少許電量的手機，致電小田原，查詢該車牌號碼的車主是誰，我得到的答案是井上次雄！

我想了一想，便有了決定，逐漸加速要越過那輛豪華房車，當兩車並排的時候，我往車中瞥了一眼，看到車廂中的人果然是井上次雄，他正在讀報，除了他之外，就只有司機一人。

我以不會惹人懷疑的速度越過了他們，然後愈走愈遠，拋離了差不多有三分鐘距離的時候，我連忙把車子駛上路旁樹木間的**隱蔽處**停下，迅速打開車子的行李箱，看看有什麼可用的「**障礙物**」，我看到了幾個紙皮箱，便將它拿出來，放到馬路上去。

這前後花了約兩分鐘，我躲在樹後又等了一分鐘後，井上次雄的車來到了，司機看到路上有一堆紙皮箱攔住了路，連忙煞停了車。

車子剛好在我面前數米的距離，我看到井上次雄似乎在責問司機發生什麼事，司機解釋後匆匆忙忙下車去移走紙皮箱，井上則繼續在車上讀報。而我就趁這個機會竄到車後，以百合匙迅速地打開了行李箱，然後鑽了進去，又將箱蓋蓋上。

司機忙着移走紙皮箱，井上次雄專心閱報，都沒有察覺到我的行動。

車子很快又重新開動，沒多久，車速愈來愈慢，然後完全停下，引擎也關掉了，我相信車子已停在大宅的車房中。等聽到司機開門下車，我便迅速從行李箱中滾出來，勾跌了司機，一腳將他踢昏過去，心裏卻內疚地說了一句對不起。

我拔出一把小匕首，抵住剛下車的井上次雄的背部，低聲說：「井上先生，別出聲，帶我到你的書房去，我要和你單獨談談。」

井上次雄的面色略略一變，立即又回復鎮靜，勉強地笑了一笑：「好，你跟我來吧。」

井上次雄是個聰明人，我相信他不敢輕舉妄動去呼救或報警，因為我的匕首就在他背後，若有任何風吹草動，最先吃虧的必定是他。

他帶我來到一間十分寬敞的書房，我一踏上那軟綿綿的地氈，便順手將門關上，井上次雄坐到書桌前，拉開抽屜，我立即揚起手中的匕首警告道：「井上先生，我飛刀比你的手槍還快！」

井上次雄只說了一句：「要多少？我不在乎的。」然後從抽屜裏取出一本支票簿來。

我走過去，隔着桌子和他相對，笑道：「**井上先生，你錯了，我不要錢。**」

井上次雄的面色真正地變了，他右手立即又向抽屜中伸去。

但我的動作比他快，已經先將他抽屜中的手槍取了出來，對準了他。

井上次雄像是癱瘓在椅子上一樣，呆呆地望着我，一臉**絕望**。

我又笑道：「井上先生，我既不要錢，也不要你的命，只想你回答一些問題。你曾經委託某工廠，為你製成一個硬度極高的金屬箱，是不是？」

在目前的情勢下，他不得不回答：「是的。」

「箱子裏是什麼東西？」我**直截了當**地問。

井上次雄望着我，搖頭說：「對不起，我不知道。」

我立刻**警告**他：「井上先生，我認為你這個時候不宜**說謊**。」

井上次雄站了起來說：「我沒有騙你，我當然知道那東西的大小和形狀，但我絕不知那究竟是什麼。」

「那麼你形容一下它的外形。」

「那是一個直徑約四十厘米的**五角球**，每一面都像是玻璃，有着

許多細絲，還有許多如刻度的**記號**，以及一些莫名其妙的文字，其中兩面隱約有閃動的光……」

我愈聽愈是糊塗，追問道：「你是怎麼得到它的？」

「這是我們井上家族的**傳家神器**，是從祖上傳下來的，超過三百年了。」

「**是古董？**」我問。

井上次雄搖頭道：「你聽我剛才的形容，覺得像古董嗎？我請許多人看過，都説不出所以然來。那家精密儀器製造廠的總工程師，説那是一具十分**精密**的儀器，大約是飛行方面用的。」

我忍不住叫道：「**胡說！**三百年前還沒發明**飛機**，怎會有如此精密的儀器！」

井上次雄點頭附和：「我也覺得那位總工程師的想像力過於豐富了。」

我心中的**疑團**還有很多，接着又問：「那麼，你為什麼要將那東西，裝進硬金屬箱子去？」

「那是因為我最近整理家族文件時，發現了一張祖先的**遺囑**，你要看看嗎？」

我點了點頭，井上打開了一個文件櫃，取出一個文件夾，打開放在桌上。

我一面仍以手槍指着井上，一面望向文件夾中那張已變成**土黃色**的紙，上面的字十分潦草，像是一個老年人將死時所寫：「天外來人所帶之天外來物，必須妥善保存，水不能濕，火不能毀，埋於地下，待原主取回，子孫違之，不肖之極。」下面的名字是井上四郎。

井上次雄解釋道：「我們家族本來是北海道的漁民，從井上四郎起，才漸漸成為全國知名的富戶。」

「他說的『天外來物』，就是指那東西？」我問。

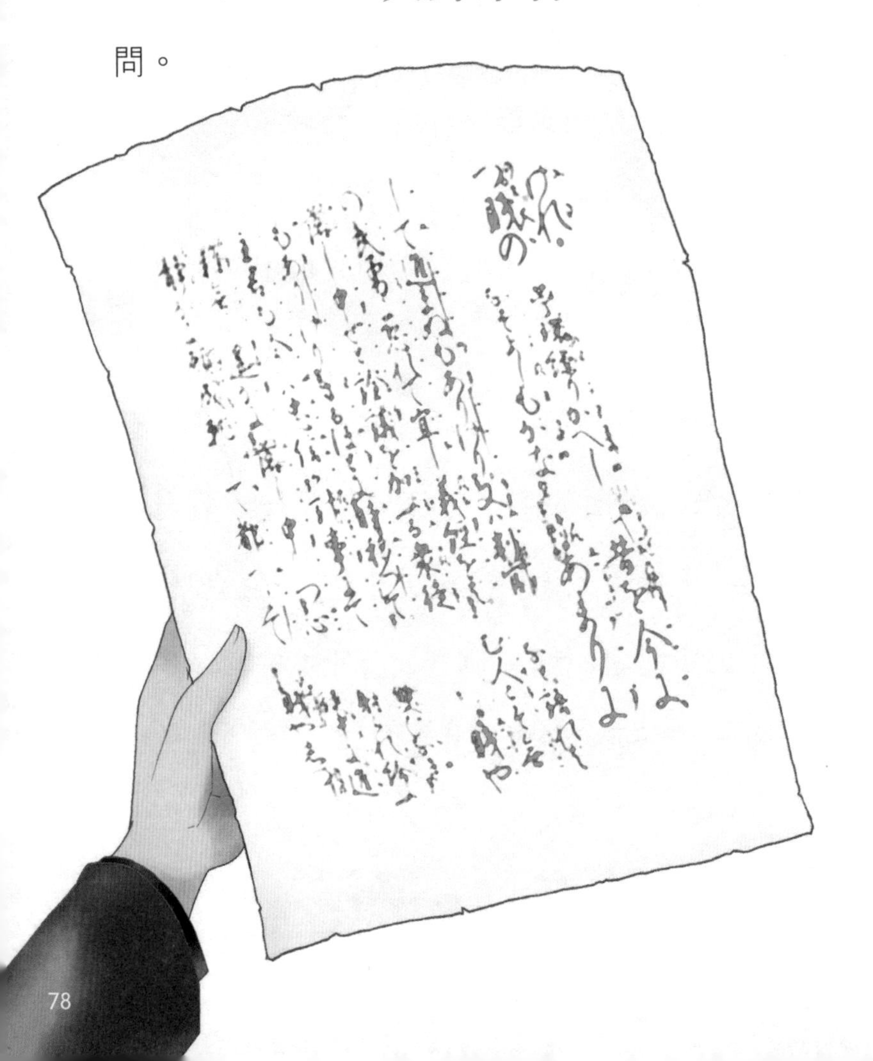

井上次雄點頭道：「那東西被當作傳家神器，一代一代傳下來，都稱之為『天外來物』的。」

「待原主取回又是什麼意思？」

「我不知道。」井上次雄笑道：「三百年來也未有人要索回它，原主恐怕早已死了。」

我想了一想，又提問：「那麼，這天外來物連同那個金屬箱，是怎樣失去的？」

「那金屬箱子**體積**很大，我在那家儀器廠中見過一次，便吩咐他們運到**機場**，我有私人飛機，準備將箱子運到我們井上家族的祖陵去，埋在地下。怎知在機場中，那箱子卻失**蹤**了！」

「你沒有報警嗎？」

「當然有，**警局**的山下局長是我的好友，可是他也查不出來。」

第十七章

天外來人

我終於從照片中看到那「天外來物」了，那確是一個五角形的**立方體**，有**十二個**平面。從照片上看來，那東西是**銀灰色**的，像是一種十分高級的合金。

有兩個平面，呈翠綠色凸起狀，看來有點像攝影鏡頭。而其他的平面，看來十足是儀表，有着細如蛛絲的許多刻度。

而更令我**震驚不已**的，是在一個平面上，還有着文字，那種文字我沒有一個字認識，但卻曾經見過，便是在方天的日記簿中！

正當我全副精神看着那兩張照片之際，我突然感到背部被硬物抵住，並聽到井上次雄說：「**放下你的手槍，舉起手來。**」

我實在太大意了，竟一時鬆懈，讓井上次雄扭轉了局面！

我放下手槍，舉高雙手，強作鎮定地說：「井上先生，局面變得好快啊！」

井上次雄大聲縱笑起來：「哈哈，我這時如果將你殺了，只算自衛殺人，一點罪名也沒有。」

我心中不禁感到了一股寒意，只好放手一搏說：「是的，但我知道你絕不會向我動手。」

「為什麼？」

「因為你清楚知道我來見你絕無惡意，既不拿錢，也不奪命，我只是想弄清楚一些疑問而已，而剛才你亦很樂意解答我的**疑問**，我實在想不通有動用槍彈解決的必要。」

井上次雄沉默了一會，然後問：「你不是月神會的人？**你到底是什麼人？**」

在這樣的情形下，我必須盡量**坦白**才能保命，於是如實回答：「我身上的月神會制服只是逃走用的。我叫衛斯理，是中國人。」

我想不到自己居然是「**名頭響亮**」的人物，井上次雄一聽到我的名字，立即「啊」的一聲，大笑起來：「哈哈，衛斯理！如果早知是你的話，我一定不敢對你玩這個把戲。請你轉過身來。」

我不明白他的意思，但依然轉過身去，垂頭一看，不禁**啼笑皆非**。

原來，井上次雄手中所握的，並不是手槍，而是一隻**煙斗！**剛才，我竟是被一隻煙斗制服了，實在既尷尬又好笑。

我們**惺惺相惜**，他問我為何會對他們家族的傳家神器發生興趣，我便將事情的始末，詳細地向他講述。

我還取出了方天的**日記簿**，和照片中「天外來

物」上的文字對照了一下，果然如出一轍，是同一種文字。

井上次雄聽我講完，**緊鎖雙眉**，想了片刻說：「方天！這個介入我們與佐佐木家聯姻的第三者，會不會就是遺囑上所說的『天外來人』？」

我不禁笑了起來，「那麼，你說方天超過三百歲了？」

井上次雄也不禁笑了起來，雖然方天的日記簿與「**天外來物**」上有着相同的**古怪文字**，但也不足以證明方天就是「天外來人」。

「你下一步準備怎麼辦？」井上次雄問。

「我想去見一見那家精密儀器工廠的總工程師。那天外來物是許多疑團的關鍵，他曾經仔細看過那東西，我想聽聽他的意見。」

井上次雄點頭道：「那也好，我先和他聯絡一下，說有人要去見他，他對這件東西也非常感興趣，一定很樂意和你詳談的。」

井上次雄拿起手機，接通了電話，和那位工程師交談着，替我約好了今天晚上十點鐘在工廠辦公室見面。

井上次雄掛線後，對我說：「約好了，我派車送你到東京？」

我笑道：「不必了，你的司機不將我棄於荒郊上泄恨才怪。剛才我在你的車房中，看到一輛電單車，能借我一用就十分感謝了。」

「當然可以。」

我向他伸出手來，「那麼，我告辭了！」

井上次雄和我緊緊地**握**了**握手**，忽然之間，他補充道：「還有一件相關的事，我覺得應該告訴你。」

「請說。」

井上次雄壓低了聲音說：「其實在月神會的三個長老之中，有一個是姓井上的，這個井上，和我們是十分**親近**的近支。」

我遲疑道：「我不明白。」

井上次雄繼續解釋：「事情要上溯到我的直系祖先井上四郎，他有一個弟弟五郎，正是月神會的最早創立人之一，他的後裔，一直在月神會中，擔當領導地位。」

我馬上想起，月神會一直傳誦着他們的創立人，當年因為看到有人從月亮上下來，所以相信人能夠在月亮上生存，而且會比在地球上更幸福美滿，因而創立了月神會。

假定「看到有人從月亮來」一事是真的，那麼，目擊這件事的人，便有井上五郎在內。而無獨有偶，井上四郎的遺囑中，也提及了「天外來人」。我心中不禁疑問，難道在他們的時代中，真的有人從天外來過？

井上次雄知道我在想什麼，對我苦笑了一下，顯然他心裏也有着同樣的疑問。我便對他說：「如果我查到了一些眉目，必定盡快告訴你。」

井上次雄**打量**着我身上的月神會裝束，笑道：「除了電單車，你還需要一套正常的衣服。」

他帶我到**衣帽間**換了一套輕便得體的服裝，然後我騎上那部性能極佳的電單車，開足了馬力，**風馳電掣**而去。

回到東京後，我騎着車到了那家工廠附近，先找家小飯店吃晚餐，然後才慢慢步行前往那家工廠。

那工廠是日夜開工的，燈火通明。我走向工廠門口的保安亭，打算道明來意。

還未到達，已經有一位貌似保安員的人迎上來問：「你就是衛斯理先生嗎？」

我答道：「是的，我約了你們的總工程師見面。」

「我知道，他早已吩咐過了，請跟我來。」那人很客氣地帶我進入工廠。

那工廠是鑄造精密儀器的，所以絕聽不到機器的轟隆之聲。

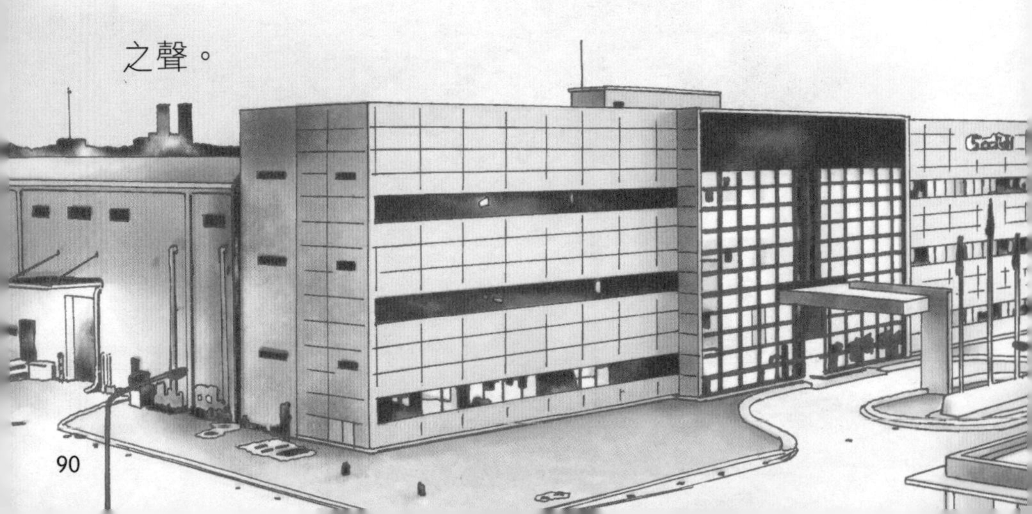

而整體看來，那也不像是一家工廠，路是平坦而潔淨的柏油路，路旁種滿了鮮花，倒像是一家醫院。

我跟着那引路的人，來到工廠辦公大樓門前，那人推開了玻璃門，我跟在他的後面，走了進去，一起乘坐電梯，到達總工程師的樓層。

那人帶我來到總工程師的**辦公室**門外，敲了兩下門說：「木村先生，衛斯理先生來了。」

這時他再次提及我的名字，我才察覺到不對勁。因為我記得十分清楚，當井上先生和那總工程師聯絡時，他十分**謹慎**地沒有將我的名字公開，只說有一位朋友想約見面而已。

那為什麼我眼前這個保安員，從在門外迎接，到現在來到總工程師的辦公室，竟能先後兩次說出我的名字來？我隱約感覺到，**危險**即將降臨。

第十八章

「請進來。」總工程師辦公室裏傳出一把雄壯的聲音。

帶我來的那個人側身讓我推門進去。

我細心觀察他的表情，留意到他面上竟戴着一張極精細的人皮面具！若不是我自己也有這種面具的話，是絕對看不出來的。

我迅雷不及掩耳地捏住他的脖子，然後另一隻手在他後腦上一敲，他便癱軟下來。

我在他的上衣袋中，摸出了一柄套有滅聲器的手槍，同時俯身在鎖匙孔中，向房內張望了一下。

一看之下，我心裏不禁暗叫一聲「**好險！**」

我輕輕地扶起這個已被我打暈的人，伸手去旋轉門柄。

剛才我在鎖匙孔中看到一個**滿面怒容**的中年人，被人以手槍脅持在椅子上不准動彈。

持**手槍**的是什麼人我看不到，但是我卻認出那滿面怒容的人，就是日本有名的科學家木村信。原來他就是這家精密儀器製造廠的總工程師。

我轉動了門柄，推開了門，將那昏倒的人猛地一推，房裏立刻響起「**撲**」的一聲，那是裝有滅聲器手槍發射的聲音。

藉着那扇門的掩護，我看清房內除了木村信以外，還有三個人，都是持有武器的。

我立時**連發三槍**，隨着「**撲撲撲**」

三聲響，便是「**啪啪啪**」三聲。

前三聲自然是我所發的槍聲，那三槍各射在那三個持槍者的右前臂上；接着的「啪啪啪」三聲，便是他們手槍落地的聲音。最後是「**砰**」的一聲，那個被我推進去的人，跌倒在地。

木村信立即站起來，我一揚手中的槍，向那三個人喝道：「**後退，站到牆角去！**」

那三人**面色煞白**，望着我手中的手槍，只好退到牆角去。

木村信弄不清我是敵是友，緊張地問：「**你……你是誰？**」

我笑道：「我是你的客人。」

木村信「**啊**」的一聲，「你就是井上先生電話中所說的那個人？」

「不錯，我就是那人，這四個人來了多久？」我問。

木村信**憤恨**地說：「他們制住我已有半小時了，説要等一個叫衛斯理的人，誰知道那衛斯理是什麼傢伙！」

我臉上保持着微笑：「**那傢伙就是我。**」

木村信「啊」的一聲，神色尷尬。我向那三人質問：

「你們是哪一方面的人？」

那三人沒有一個人開口。

我斷定他們是B國大使館的特務，於是**直截了當**地問：「你們來向我追回那個箱子？」

那三人面上神色一變，等同默認了。

我**嘆了一口氣**說：「我可以放你們回去，但你們要轉告上級，如今我也正在努力找尋那箱子的下落，他不論將我活捉，還是暗殺，都對找回箱子沒有一點好處**！**」

「好，我們會照說的。」他們其中一人回應。

我向地上那人指了指，說：「將他一併帶出工廠去，不要被人發現，我相信你們能做到的，畢竟這是你們的專業。」

那三人負傷也能純熟地抬起倒地的同伴，迅速離開了房間，至於那些手槍，我當然不讓他們撿回，都留了下來。

木村信很不滿：「為什麼不通知警方？」

我解釋道：「木村先生，此事和國際糾紛有關，通知警方，會使日本政府為難的。」

木村信「噢」的一聲，問：「究竟是為了什麼？」

「事情十分複雜，但歸根究柢，都是為了井上家族的那個『天外來物』。」

木村信來回踱步，「我和井上先生的交情十分好，他在電話中跟我提過了，你想知道什麼？」

我開門見山問：「我想知道，那『天外來物』究竟是什麼東西？」

木村信仰頭想了片刻，「嚴格地說，那『天外來物』究竟是什麼，我也不知道，但是經過我多方面的試驗——」

他說到這裏，突然頓了一頓，好像說錯話似的，連忙補充：「……是在未裝入箱子前，我曾經研究了一下。我也向井上先生報告過了，那似乎是一具十分精密的**導向儀**，是應用於飛行方面的，至於如何用法，我也不理解。」

我禁不住質疑道：「那東西是井上家族傳下來的，有超過三百年歷史，你認為三百年前會有飛行導向儀？」

「那時的人類當然還未有相關的技術，可是別的地方呢？」木村反問。

聽到木村信這個說法，我不禁呆住了，「木村先生，你說別的地方——」

木村信毫不猶豫地**點點頭**說：「**就是別的星球，那是外星人的科學結晶！**」

「你有什麼證據？」我驚訝地問。

他說：「我曾經用精良的切割機，將那東西外層的物質，削下一點點粉末來檢驗，發現那種金屬，是地球上所沒有的——或者是有而未被人類發現。」

我露出驚愕的神情，木村信接着反問：「你可有想過，為什麼從古代起，不論東西方，所有研究**煉金術**的人，總是將水銀和黃金聯繫在一起，頑固地相信水銀可以變成黃金呢？」

「因為它們有着非常接近的原子序數。」我很自然地回答。

但木村信提醒道：「別忘記，古代的時候，人們根本不認識什麼原子質子。表面看來，水銀和黃金是兩種色澤、形狀都完全不同的金屬，是沒有任何聯繫的。」

我瞪大了眼睛，望着木村信。

他繼續説：「況且，即使以我們目前的科技水平，也需要極大能量的伽馬射線，花上相當長的時間，才有可能將水銀變成黃金。而古代的人，何以會頑固地相信，用很簡單的方法，便可以煉出黃金來呢？」

他説完，又望定了我。

我懷疑他是不是離題了，怎麼會説到煉金術來？可是我又被他所提出的問題深深吸引住，於是反問他：「那你的見解是？」

他**凝神**說：「我認為很簡單，那是因為曾經有人在他們面前示範過，用極輕易的方法，使水銀變成黃金。而如此超前的科技水平——自然是來自**外星**！」

第十九章

大使親自出馬

木村信的話充滿了想像力，但同時，也充滿了說服力。

我不由自主地跟着他說：「所以，地球人一直想用同樣的方法去製造黃金，只是由於科技水平相差太遠，一直未能成功。」

「對。同樣道理，那個『天外來物』，很可能也是外星人遺留下來的，我們地球人難以理解當中的科技。」

木村說到這裏停下來，嘆了一口氣，苦笑道：「真希望它的物主也能在我面前示範一下。」

我也不禁笑了起來，「物主恐怕早已死了。」

但木村不同意：「**不！**我們生活在**地球**上，

以地球繞**太陽**一周為一年。而其他星球的人，也可能

以他們的星球繞太陽一周為一年，假設我們的壽命都是八十

年，但彼此間的差別卻可以大得很，你明白我意思麼？」

我當然明白，便說：「**海王星**繞太陽一周的時間，是地球繞太陽一周的一百六十五倍，那麼，同是八十年，如果有海王星人的話，他們的實際壽命，就比地球人長了一百六十五倍！」

木村信點點頭，補充道：「由於**遺傳**的影響，其他星球的人，如果生活在地球上的話，他們的壽命，也是以他們原來星球上的時間為準。衛先生，我懷疑你們中國傳說中，活了八百歲的**彭祖**，和吃過數次三千年一熟桃子的**東方朔**，都是從別的星球來的！」

木村信所舉的例子，幾乎使我大笑起來，可是我忽然想起一件事，心口猶如被人重重地撞擊了一下一樣。

在那一剎間，我想起了方天！

方天的日記本，有着與「天外來物」相同的**怪異文**

字，令人相信方天與「天外來物」有關連。而井上次雄亦向我提出過，方天可能就是那「天外來人」。

只因年齡上不合理，當時大家只當作開玩笑。但如今木村信的話，卻給了我啟發，使我大為震驚。按照他的假設，只要方天不是來自**水星**或**金星**，他的生命，便可以比地球人長許多。如果他是來自海王星的話，在地球上過了一百六十五年，對他來說，只等於長大了一歲而已！

那麼，方天真有可能是「天外來人」！

我和方天分開多年，他的樣子一點也沒有變過；而方天體內流着的**藍色血液**，是地球人絕不可能擁有的；他更有超人的**腦電波**，甚至可以令人生出自殺的念頭；他又有一種可在十分之一秒內致人於死地的輻射武器；而且，方天在科學方面的知識，使得最優秀的科學家也**瞠目結舌**……

方天的怪事實在太多，而且沒有一件能用常理去解釋的。

不過，如果說他是來自另一個星球的話，一切的疑問，不是都**迎刃而解**了嗎？

我本來想將方天的事告訴木村信，但我立即想到，這樣的事，還是少一些人知道為妙。於是我站了起來，向他彎腰說：「木村先生，多謝你的幫助，我心中的**疑團**似乎已解開了不少。」

木村也站起來，**彎腰笑道**：「那不算什麼。」

彼此說了幾句客套話之後，我便離開了他的辦公室，從原路走出了工廠的大門。

我低頭向前緩緩地走着，前往我把電單車**停泊**的地方。當我差不多到達的時候，我感覺到有人在**跟蹤**我。

我立即轉過身來，看見一個人正站在街燈下，使我大吃一驚，因為，對方竟是**B國大使**本人！

他面上帶着一個十分殘忍的笑容，像注視着一樣，眼睛一眨也不眨地望着我。

我勉強地擠出一個笑容，正想出其不意地突襲他的時候，我的手才伸到一半，便硬生生地僵住了不敢再動，因為大使這時已握着一柄**烏黑**的手槍指住我。

我不由自主地舉起雙手投降，大使立刻沉聲喝道：「**放下手來！你想故意引人注意嗎？**」

我極力保持鎮定，問：「大使先生，你想怎麼樣？」

我刻意強調「大使先生」這個稱呼，是提醒他注意自己的身分地位，不宜輕舉妄動。

但大使**咬牙切齒**地說：「我要親自來執行你的死刑！」

聽了這句話，我身子不由得一震，腦裏慌忙想着逃生的辦法。

就在這時候，一輛大貨車忽然駛至，在我的身邊停下。我心中竊喜，以為是納爾遜收到了情報，派人來營救我。

怎料大使指了指大貨車，向我命令：「上車去！」

天啊！原來這不是納爾遜派來的救兵，而是大使為我安排的「死亡貨車」。我知道事情十分嚴重，我上了車的話，他們便可以駛到荒僻的地方去，將我一槍打死，棄屍荒野。

那是一輛改裝過的貨車，旁邊特製的鋼門自動打開，我盡最大的努力去求情：「如果你是為了那金屬箱子的話——」

可是不等我講完，大使已上前舉槍指着我，喝道：「上車去！」

我不得不就範，只好跨進車廂，車廂裏一片漆黑，鋼門關上後，什麼也看不到，只聽到大使的聲音說：「**站着別動！**」

我站定後，只覺得後心被人摸了一把，緊接着前心也被一隻手碰了一下。我正感到莫名其妙之際，突然看到我的胸前，亮起了一片青光。我立刻**恍然大悟**，剛才有人在我的胸前和背後抹上了**磷粉**。

這時我聽到大使說：「聰明能幹、無所不能的衛斯理先生，你可以坐下來。」

可是磷粉所發出的光芒，卻不足以使我看清車廂裏的情形，我無奈地問：「椅子在哪裏？」

大使沉聲道：「**亮燈。**」

車廂之中立刻大放光明，但只維持了不到半秒鐘的時間，燈光便熄滅了，眼前回復一片漆黑，只有我胸前和背後的磷粉透着**微弱的青光**。

不過，剛才亮燈的時間雖短，但我已大概看到車廂中的情形。整個車廂像一個**小房間**，有桌有椅，在我的身旁就有一張**椅子**。車廂中不止我和大使兩人，另外還有**四個人**，都持槍望着我。

我盡量保持鎮定，在身旁的椅子上坐了下來。

這時我感到車子在**震震震動**，顯然貨車已經開動了，至於開到什麼地方去，我自然不知道，也不敢想像。

大使笑道：「現在有四個可以參加世界射擊比賽的神槍手監視着你，你完全看不見他們，他們也看不見你，他們只看到兩個靶子，那便是你胸前和背後的磷光。」

我從未遇過這麼尷尬和可笑的情況，在完全黑暗的環境下，我的胸前和背後卻閃着磷光，成為了槍手們最好的靶子。

而我卻什麼也看不到，像一頭完全喪失了戰鬥能力的獵物，只等待着被人宰割！

「為什麼要弄這麼多花樣，而不直接動手？」我苦笑着問。大使氣定神閒地笑道：「別急，請耐心多等十秒。」

「**為什麼？**」我很驚愕。

「因為我有問題要問你。」大使忽然厲聲喝問：「那個箱子在哪裏？你把它交到什麼人手中？我限你十秒鐘說出來！**十、九、八**……」

他真的倒數起來，就像倒數着我的生命。

第二十章

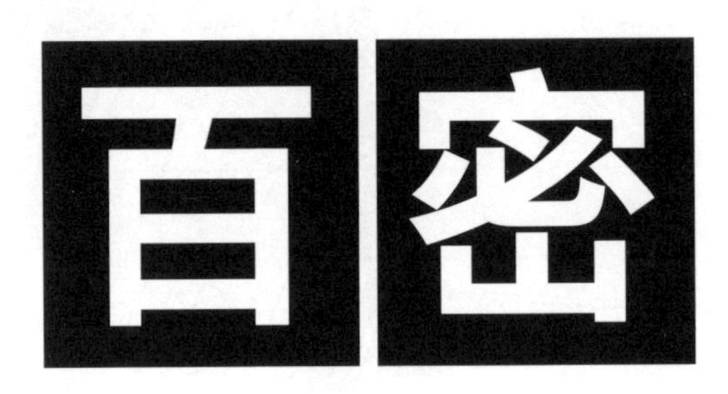

百密一疏

B國大使限我十秒鐘內説出那金屬箱子的下落，否則我胸前和背部將會成為**槍靶**，被打滿小洞。

我要是知道那金屬箱子在哪裏，早就去把箱子搶回來，交還給B國大使館了，還會在這裏被他們抓住**質問**嗎？

可是如果我回答「**不知道**」，這個答案他們一定不會滿意，結果也是一樣。

大使仍倒數着：「六、五、四……」

我十分着急，必須在僅餘的三秒時間內，給出一個令他們不會殺我的回答。我幾乎沒有時間去思考，衝口而出反問大使：「上頭給你多少天時間？殺了我的話，你們有把握在餘下時間內找回那金屬箱子嗎？」

我説完閉上了眼睛，等待着那四槍齊發來送我歸西。但是，我並沒有聽到槍聲。

我的話生效了！我戳中了大使的死穴，他可以輕易把我殺掉，可是殺掉我之後，他依然是毫無頭緒和方法去找回那個箱子。他一定是受了上級很大的壓力，一時急了，才會這樣脅迫我。

大使重重地嘆了一口氣，吐出兩個字來：「十天。」

我也嘆息道：「大使先生，你只有十天限期，卻在我身上浪費掉幾天了？」

大使搖搖頭，**沮喪至極**，「已經三天了！」

我沉聲道：「大使先生，希望你明白，我是存心想幫你的。這剩下來的七天裏，我認為我們應該合作，而不是對抗，要合力把那箱子奪回來！」

大使惡狠狠地說：「我已經相信過你一次了，一切麻煩，全因為相信你而起的！」

我心平氣和地說：「對於這件事，我深感抱歉，那完全是意外。你或許因為我而遭到了麻煩，但是，你要解決這麻煩的話，還少不了要我幫忙。」

大使沉默了好一會，才開口說：「亮燈。」

剎那間，車廂裏又大放光明，只見大使就坐在我的對面，那四個持槍的人仍然包圍並監視着我，大家的眼睛都因為未適應燈光而瞇成一線，我不禁覺得好笑。

我知道大使已經被我說服了，我伸展了一下手腳，刻意盯着那四人手上的槍。大使明白我的意思，無可奈何地向那四人揮揮手，他們便將手中的槍暫時收起。

「你有什麼方法找回那箱子？快說！」大使着急地問。

我分析道：「那箱子被何方神聖奪去，我暫時還不知道。不過可是肯定，那是一個很有勢力的集團，他們有能力收買國際警方的工作人員，行動時所用的汽車和武器，都屬於西方最先進的裝備，而且為了搶奪那個箱子，就出動了二三十人之多。」

我一口氣講到這裏，大使緊**皺着眉頭**，能看出他心裏也在暗暗吃驚。

我繼續說：「你們的特務工作做得十分好，比國際警方和日本警方要**出色**，我想，你們應該有能力查出，奪走那箱子的是什麼組織。」

大使微微地點頭，「我會派人去查。」

「希望你們能在三天內查出來。」我說。

大使幾乎**跳了起來**，叫道：「三天？東京有一千多萬人口——」

我未等他講完，已解釋道：「你只要查出對方是什麼組織而已，接下來的事就交給我來辦。我答應你，也只用三天時間，從敵人手上奪回那箱子，到時你剛好還有一天時間向上級報告。」

大使望了我半晌，質疑道：「**你有把握？**」

我**堅定**地望着他，「只要你有把握，我就有。」

大使伸出手來，與我握手，「好，那我們就**一言為定！**」

大使伸手在**鋼壁**上敲了幾下，貨車便停了下來，讓我下車。

B國大使館這方面的事總算暫時解決了，我有三天時間去辦其他事情。

我認為應該先找納爾遜討論一下事態的最新發展，於是直接前往醫院去找他。

怎料來到**醫院**才發現，納爾遜已經出院了，我還以為他的槍傷至少要留院觀察三幾天，沒想到這麼快就出院。

我走出醫院，想用**手機**聯絡納爾遜，卻發現手機早已沒電了。我打算找家酒店先安頓下來，再聯絡納爾遜，但這時候，**一輛警車**來到醫院門口，在我的面前停下。

警車裏除了司機，前後座還各有一名警員，都穿着整齊**制服**。後座的警員下了車，朝我走來，向我行了一個禮問：「請問是衛斯理先生嗎？」

我保持**戒心**，沒有直接回答，等他繼續説下去。

他踏前一步，低聲道：「**納爾遜先生正在到處找你。**」

聽了這句話，我戒心全消了，連忙問：「納爾遜先生如今在什麼地方？」

「在總局，請你立即和我們一起去。」

我點了點頭，便跟着這位警員上了警車，車子**隨即開動**。

那警員坐在我的身邊，笑道：「納爾遜先生唯恐你遭到了什麼**意外**，找得你十分着急。」

我苦笑道：「這兩天發生太多事了，也沒機會為手機充電，找不到我，害他擔心了。」

那警員笑了笑，「不過納爾遜先生也是過慮了，衛先生如此機智**勇敢**，是全世界警務人員的楷模，又何須那樣擔心？」

誰不喜歡聽恭維的話？那警員的誇獎，使我少不免有點飄飄然的感覺。

車廂的中央放了幾瓶全新的蒸餾水，那警員口渴了，隨手拿起一瓶，開了來喝。

而此刻我亦非常口渴，於是也取了一瓶，擰開瓶蓋，果然是全新密封的，我便放心地大喝起來，幾乎一口氣喝光。

可是不到兩分鐘，我突然感到一陣**頭昏眼花**，馬上意識到，**那瓶水被人下了迷藥！**

剛才那個**警員**沒有主動拿水給我喝，是不想引起我的懷疑，所以他只是自己拿了一瓶，在我面前喝，其實是向我暗示，可以拿水喝，而且那些水是安全的。當然，我如今才知道，只有他喝的那瓶是安全的。

由於我實在太口渴，而那些瓶裝水又是全新未開封的，使我一時**掉以輕心**，也取了一瓶來喝，結果中計了，那些水是含有迷藥的！

這幾個人自然不是納爾遜派來的，也不是警察，警車和制服都是假的！

而我剛剛才跟**B國大使**達成了協議，他們絕不會瞬間又派人假扮警察來抓捕我。

至於月神會，他們一直把我誤認成「方先生」，但剛才那假扮的警員卻懂得稱呼我「衛斯理」，顯然也非月神會所為。

那麼，如此勞師動眾，千方百計要誘拐我的人，**到底是誰？**

我正想質問他們的時候，只覺一陣**天旋地轉**，頓時失去知覺了。（未完，請看續集——《回歸悲劇》）

案件調查輔助檔案

斬釘截鐵

博士**斬釘截鐵**地說：「不是的！我也說不出那種狀況，如果你和他們在一起，你就能感覺得到。他是魔鬼，他將使我永遠見不到女兒！」

意思：形容說話或行動堅決果斷，毫不猶豫。

既往不咎

他又講起莫名其妙的話來，我拍了拍他的肩頭說：「老友，你別哭。只要你肯解答我心中的疑問，之前的事我就**既往不咎**。」

意思：指對以往的過錯不再責備。

滿目瘡痍

而就在這個時候，我看到了圍牆內的情形，只見那個打理得十分整潔的花園，竟變得**滿目瘡痍**！

意思：比喻眼前看到的都是災禍的景象。

先發制人

我立即轉過身來，眼前有兩個人正想偷襲我，我**先發制人**，連環將他們摔向電燈柱去。

意思：凡事先下手取得主動權而制伏對方。

虛無飄渺

那人聽了，又狂笑了好一會，「哈哈……方先生，你別再逗我笑了。你飛行還需要借助飛機嗎？我們想看你數百年來的本領，飛向圓月，飛到**虛無飄渺**的空間！」

意思：形容若有若無，空虛渺茫。

刮目相看

看來我的「壁虎功」使他們**刮目相看**，認為我可以為他們表演一場「飛行」的假戲來迷惑信眾。

意思：去掉舊的看法，用新眼光看待。

直截了當

「箱子裏是什麼東西？」我**直截了當**地問。

意思：干脆爽快，不繞彎子。

大喜過望

我**大喜過望**，連忙把文件夾翻到下一頁，看到了兩張照片，不禁被照片中的東西吸引住了。

意思：結果超過了原來所期望的，因而非常高興。

衛斯理系列少年版 09
藍血人（下）

作　　者：衛斯理（倪匡）
文字整理：耿啟文
繪　　畫：余遠鍠
責任編輯：周詩韵　彭月
封面及美術設計：BeHi The Scene
出　　版：明窗出版社
發　　行：明報出版社有限公司
香港柴灣嘉業街 18 號
明報工業中心 A 座 15 樓
電　　話：2595 3215
傳　　真：2898 2646
網　　址：http://books.mingpao.com/
電子郵箱：mpp@mingpao.com
版　　次：二〇二〇年一月初版
二〇二〇年七月第二版
二〇二二年七月第三版
I S B N：978-988-8525-69-0
承　　印：美雅印刷製本有限公司